KÖSTEBEK KUKİ

Yazan ve Resimleyen

BETÜL SAYIN

günışığı
kitaplığı

Tarla Faresi, sivri burnunu havaya dikip olanca gücüyle derin bir soluk aldı.

"Oh, mis gibi bahar kokuyor!" dedi arkadaşı Köstebek Kuki'ye. "Baksana; çiçekler açmış, taze çimenler çıkmış, güneş pırıl pırıl parlıyor. Ne güzel bir gün!"

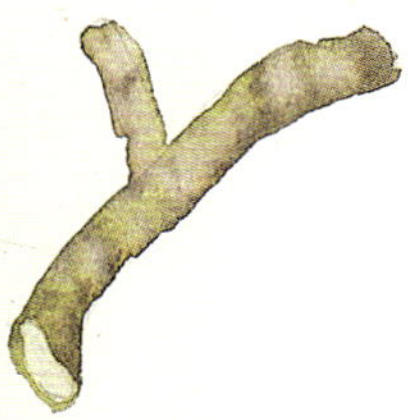

Köstebek Kuki suratını ekşitip, önüne çıkan bir dal parçasına tekmeyi bastı. "Öfff!" dedi. "Neresi güzel? Berbat, sıkıcı bir gün. Eğlenmek için bir şeyler yapmak lazım."

"Birlikte oyun oynayalım," diye önerdi Tarla Faresi.

"Öööóf," dedi yine Kuki, "ne sıkıcısın!"

"Merhaba!" diye seslendi biraz ileriden Kurbağa Kurbiş. "Yeni elbisemi deniyordum. Yarın benim doğum günüm de, çok güzel olmak istiyorum. Bütün arkadaşlarım gelecek. Siz de gelsenize!"

İşte, diye düşündü Kuki, eğlenme fırsatı çıktı karşıma.

Sonra da alaycı bir ifadeyle, "Aman, aman, bu ne süs püs böyle! Kesinlikle partinin en güzel kızı sen olacaksın," diyerek, Kurbağa Kurbiş'in yakınındaki çamur birikintisinin içine zıplayıverdi.

Sıçrayan çamurlarla güzelim elbisesi berbat olan Kurbiş ağlaya vıraklaya evine giderken, karnını tuta tuta güldü Kuki: "Heh heh heh! Pasaklı kurbağa!"

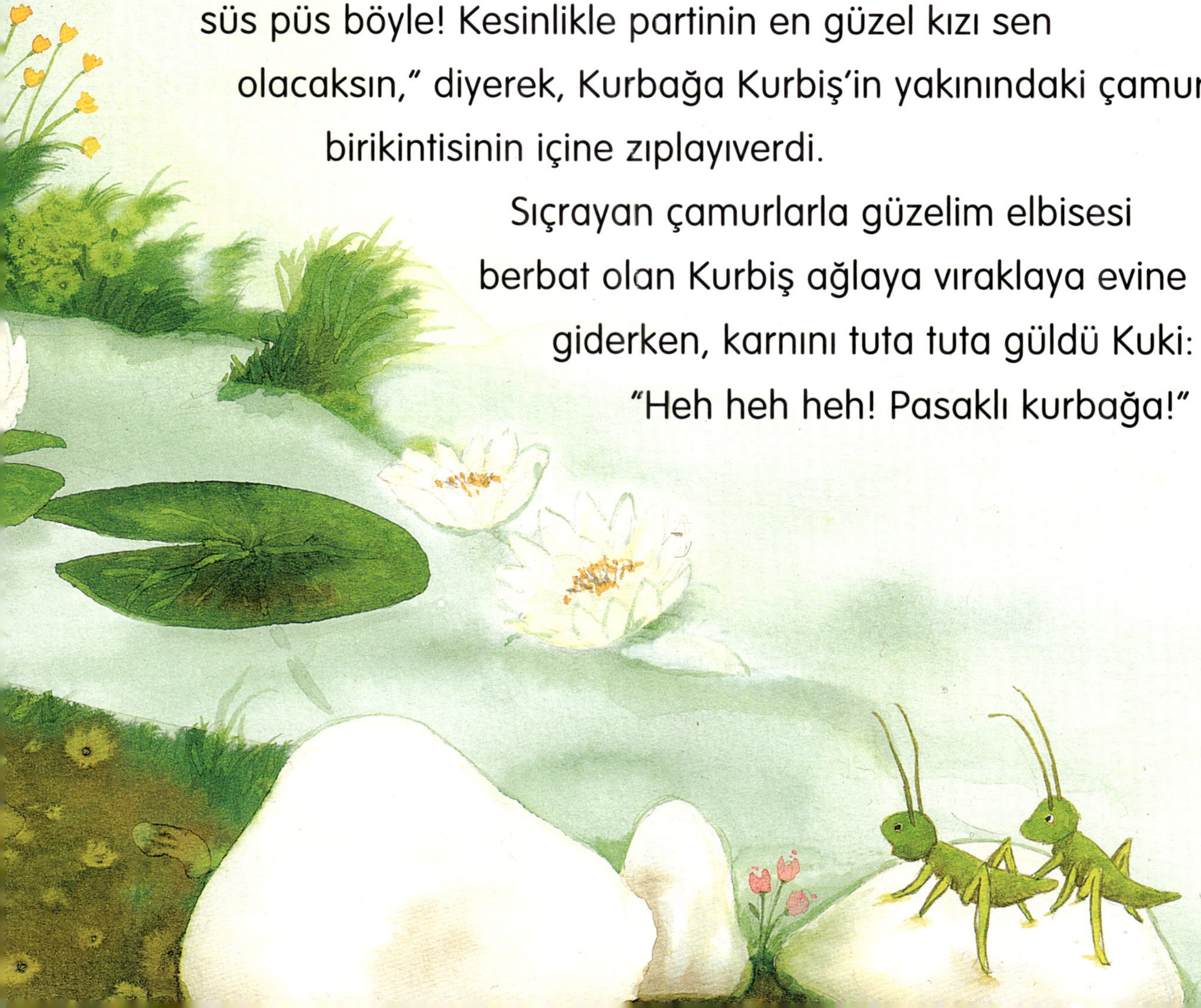

Tarla Faresi şaşkınlık içinde, "Neden böyle yaptın? Kurbiş'i çok üzdün," dedi arkadaşı Kuki'ye.

Köstebek Kuki umursamaz bir tavırla omuz silkti.

O sırada biraz ileride, hiçbir şeyden haberi olmayan Sincap Zıp Zıp topladığı cevizleri kırıyordu. "Ceviz ister misiniz?" diye seslendi. "Bir sürü topladım. Birlikte yeriz."

Köstebek Kuki bir süre eli çenesinde düşündü. Sonra da sırıtarak, "Benim daha iyi bir fikrim var. Bunlarla top oynasak nasıl olur?" dedi ve ceviz yığınına koca bir tekme savurdu. Her biri başka tarafa saçılan cevizler, çalıların, çimenlerin, çiçeklerin arasında kaybolup gitti.

Sincap Zıp Zıp hem çok şaşırmış hem çok üzülmüştü. "Ben onları ne emeklerle toplamıştım. Şimdi ne yapacağım, ne yiyeceğim?" diye sızlandı.

Kuki bir yandan kıkırdayıp bir yandan da laf yetiştiriyordu: "Ağaç köklerini yersin, ne dersin? Heh heh heh! Amma komiğim ha!"

Tarla Faresi, arkadaşının davranışına çok üzülmüştü. Üzülmüştü ama, onu engelleyememişti işte.

Cevizlerinin peşine düşen Zıp Zıp'ı geride bırakıp, çimenlik tepeye doğru yürüdüler. Tepeye vardıklarında Kaplumbağa Topik de oradaydı.

"Pof, pof..." dedi Topik nefes nefese. "Biraz soluklanayım, çok yoruldum. Bu tepenin çimenlerinin çok lezzetli olduğunu duymuştum, ama benim için tırmanmak çok çok zor oldu."

Köstebek Kuki yine haylazlık peşindeydi. "Tırmanmak senin için zor oldu, ama inmek çok kolay olacak," deyip Kaplumbağa Topik'i aşağıya itiverdi.

Zavallı kaplumbağacık korkudan kabuğunun içine saklanmış bir şekilde tangır tungur aşağıya kadar yuvarlandı. Ancak bir ağaca toslayarak durabildi.

Kuki, elleri belinde, "Heh heh heh! Çimenleri başka yerde yersin artık!" diye seslendi ona.

Tarla Faresi arkadaşının kötü davranışına yine çok üzülmüş, ne yapacağını şaşırmıştı. Kaplumbağa Topik'i ağacın dibinde bırakıp, yürümeye devam ettiler.

Biraz ileride acele acele yürüyen Tavşan'a rastladılar. Elinde çok lezzetli görünen koca bir pasta taşıyordu.

"Merhaba, arkadaşlar!" dedi Tavşan. "Annemin yaptığı havuç pastasını büyükanneme götüreyim de, sonra birlikte oynayalım, ne dersiniz?"

"Tabii, tabii..." dedi Köstebek Kuki, "oynarız, ama sen dikkat et, bir şeylere takılma." Sonra da, yüzünde hınzır bir ifadeyle ayağını uzatıp Tavşan'a çelme takıverdi.

Zavallı Tavşan, Kuki'nin ayağına takılınca uçtu uçtu, koca pastayla birlikte yere yapıştı. Hem canı acımış hem her yanı pastaya bulanmıştı. "Ben büyükanneme ne götüreceğim şimdi?" diye ağlamaya başladı.

Kuki de gülerek Tavşan'ın taklidini yapıyordu: "Hüüü! Hüüü! Ben büyükanneme ne götüreceğim şimdi?"

BEN
BiR
APTALIM

Köstebek Kuki'nin yaptıklarına çok üzülen Tarla Faresi, "Yeter artık!" diye öfkeyle bağırdı. "Arkadaşlarımıza böyle kötü davranamazsın."

"N'olmuş ki?" dedi Kuki, aldırmaz bir ifadeyle. "Ne güzel eğleniyoruz işte!"

"Ben hiç eğlenmiyorum!" diye karşılık verdi Tarla Faresi. "Hem, seninle arkadaşlık etmek de istemiyorum artık."

"Aman sen de," diye burun kıvırdı Kuki, "sanki sana çok ihtiyacım var! Ben kendi kendime de eğlenebilirim."

Bir süre düşündü, sonra bir kâğıt bulup üstüne, "BEN BİR APTALIM" yazdı ve gizlice yaklaşıp kâğıdı Tarla Faresi'nin arkasına yapıştırdı. Sonra da, "Heh heh heh! Bakın, burada bir aptal vaaaar!" diye bağırarak, neşeyle zıplamaya başladı.

Tarla Faresi ve çevredeki arkadaşları, Kuki'nin yaptıklarına çok üzülmüşlerdi. Sessizce onun yanından uzaklaştılar.

Arkadaşlarının kalbini kırdığını hiç fark etmeyen Köstebek Kuki, o gece toprağın içindeki evinde mışıl mışıl uyudu. Sabah keyifle gerinirken, aklına bir gün önce yaptıkları geldi. Kendi kendine kıkırdadı: "Heh heh heh! Amma komik arkadaşlarım var. Dün beni çok eğlendirdiler."

Sonra kalktı, kendine nefis bir mantarlı omlet yaptı. Yemeğini yerken, Kurbağa Kurbiş'in doğum günü partisini hatırladı. Bütün arkadaşları orada olacaktı. Ee, Kurbiş de hazırlık yaptığına göre, çok eğleneceklerdi mutlaka.

"Müzik, dans, yemek... İşte, ben eğlence diye buna derim. Yaşasın! Hemen hazırlanmalıyım," diyerek sevinçle ellerini çırptı Kuki.

Köstebek Kuki, Kurbağa Kurbiş'in yaşadığı, nilüferlerle kaplı gölcüğün kıyısına yaklaştığında, kulağına neşeli müzik sesleri gelmeye başladı.

Herkes dans ediyor, kuşlar şarkı söylüyordu.

Köstebek Kuki, "Oooo! Merhaba arkadaşlar! Ne havalı bir parti bu!" deyip dans etmeye başladı.

Birden kuşlar ötmeyi kesti, müzik sustu. Herkes dansı bırakıp, Kuki'ye döndü.

"Seni istemiyoruz burada, bizi incittin," dedi Kurbiş.

"Aaa!" dedi Kuki. "Ben ne yaptım ki?"

"Dün en güzel elbisemi mahvettin," dedi Kurbiş. "Hem, Zıp Zıp'ın uğraşıp didinerek topladığı cevizleri de dağıttın."

"Benim de bütün gece her yerim ağrıdı," diye sızlandı Kaplumbağa Topik. "Unuttun mu? Beni tepeden aşağıya ittin."

Tavşan da, "Senin yüzünden büyükanneme havuç pastasını götüremedim," diye söylendi.

Kurbağa Kurbiş, "Bunlar yetmezmiş gibi, hepimizle de alay ettin," dedi.

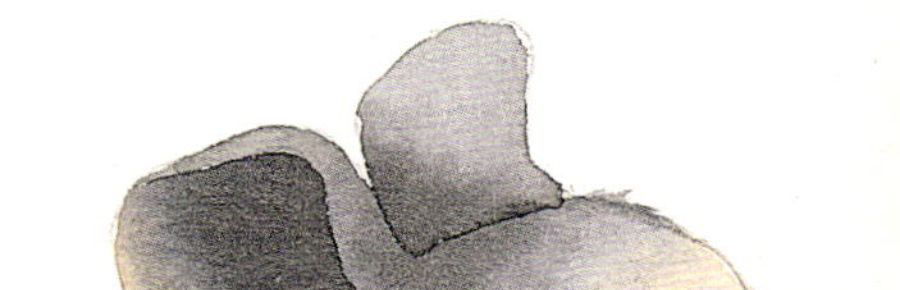

Köstebek Kuki şaşırmıştı. Son bir umutla, "Benim can arkadaşım," diye seslendi Tarla Faresi'ne. "Gel, sen oyna benimle!"

Tarla Faresi de arkadaşına çok kırılmıştı. "Üzgünüm... Bilmiyor musun, ben bir aptalım," dedi ve arkasını dönüp yürüdü.

Kuki hiddetlendi. "Siz de hiç şakadan anlamıyorsunuz. Hem, burası sizin malınız mı? Ben de oynarım burada!" diye gürledi.

Kurbağa Kurbiş, "Haydi arkadaşlar, biz başka yerde eğlenelim," deyince, partiye katılanların hepsi el ele tutuşup, güle oynaya oradan uzaklaştılar.

Terk edilmiş bir partide öylece tek başına kalakaldı Kuki. Bir süre oynayıp eğlenmeye çalıştı, ama arkadaşlarıyla paylaşmayınca hiç tadı çıkmıyordu.

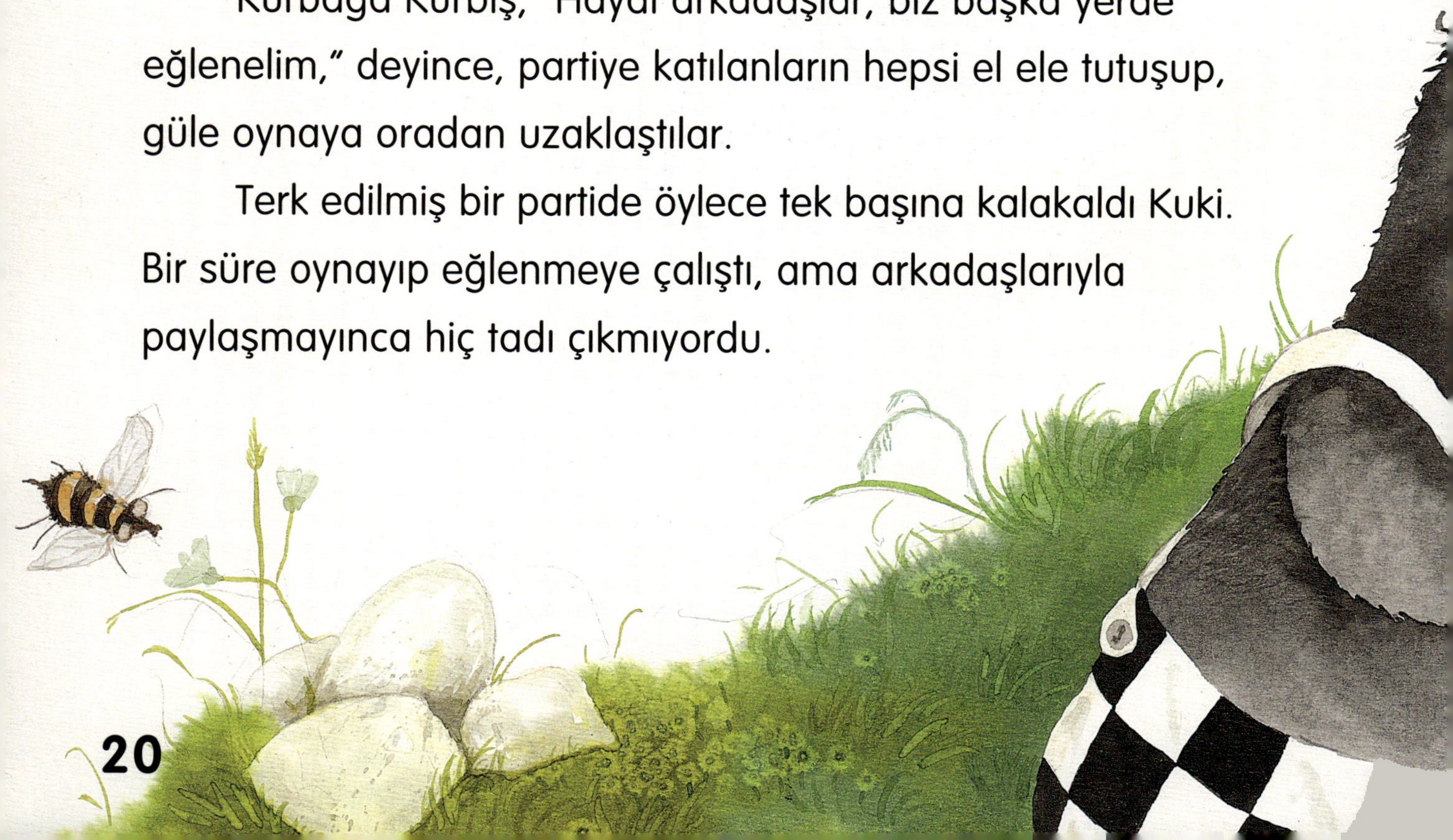

Eğlence hava kararıncaya kadar sürdü. Köstebek Kuki tek başına bir ağacın dibine oturup, uzakta ışıkların altında dans edip gülüşen arkadaşlarını izledi.

Köstebek Kuki o gece evine üzgün döndü. Yapayalnızdı. Oysa, yalnızlıktan hep nefret ederdi.

Başı ellerinin arasında oturup kaldı. Sonra arkadaşlarına yaptıkları geldi aklına bir bir. Evet evet, hiç de güzel şeyler yapmamıştı. Önüne çıkan herkesin canını acıtmıştı.

"Aynı şeyleri başkası bana yapsa, ben de çok üzülürdüm," dedi kendi kendine. Birden çok utandı. İçini pişmanlık kapladı. "Ne yapıp edip arkadaşlarıma kendimi affettirmeliyim," diye iç çekti.

Sonra uzun uzun düşündü.

Düşündü, düşündü... ve yüzü aydınlandı: "Buldum!"

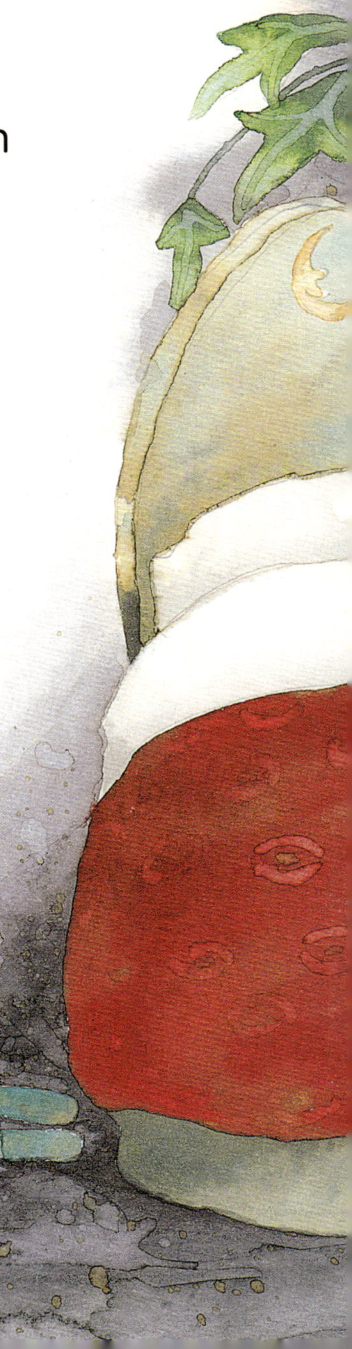

Köstebek Kuki, ertesi gün ilk iş, elinde koca bir paketle Kurbağa Kurbiş'e gitti.

"Merhaba!" dedi.

Kurbiş onu görünce korkup kaçmaya başladı.

"Dur, kaçma!" dedi Kuki. "Yaptıklarım için çok üzgünüm, inan. Beni affetmen için geldim. Özür diliyorum. Tekrar arkadaş olalım mı?" Elindeki kutuyu da Kurbiş'e doğru uzattı.

Kurbağa Kurbiş korka korka kutuyu açınca gözlerine inanamadı. Çamurlanan elbisesinin aynısıydı bu! "Ee... eee... şey," dedi, "teşekkür ederim. Hatanı anladıysan, tabii seni affettim. Arkadaşlığını da özlemiştim zaten."

Kuki sevindi. "Seninle kalıp oyun oynamak isterdim, ama daha önce yapmam gereken şeyler var," dedi.

Köstebek Kuki bütün bir gün boyunca uğraştı, ceviz yığınına tekme attığı Sincap Zıp Zıp için ormanın en iri cevizlerini topladı.

Sonra, tepeden aşağıya yuvarladığı Kaplumbağa Topik'e o tepenin taze çimenlerinden büyük bir çanak dolusu toplayıp götürdü.

Pastasını yere yapıştırdığı Tavşan içinse, üç katlı koca bir havuçlu pasta yaptı ve ikisi birlikte bunu Tavşan'ın büyükannesine götürdüler.

Ama hepsinden önemlisi, Köstebek Kuki bütün arkadaşlarından tek tek özür diledi. Onu affetmelerini rica etti.

En sona sevgili arkadaşı Tarla Faresi kalmıştı.

SEVGİLİ
ARKADAŞIM
ASIL
BEN
APTALLIK
ETTİM
BENİ
AFFET

Kuki, ertesi sabah erkenden gidip arkadaşının kapısını çaldı. Kapıyı açan Tarla Faresi şaşırıp kaldı. Karşısında, sırtında kocaman bir kâğıtla Köstebek Kuki duruyordu.

Kâğıtta şunlar yazılıydı: "SEVGİLİ ARKADAŞIM, ASIL BEN APTALLIK ETTİM. BENİ AFFET!"

Tarla Faresi'nin gözleri doldu. İki arkadaş sevgiyle kucaklaştılar. Onları gören diğerleri de koşup geldi. Hep birlikte şarkılar söyleyerek gülüp oynadılar.

BETÜL SAYIN

1958'de İstanbul'da doğan Betül Sayın, 1982'de İstanbul Devlet Güzel Sanatlar Akademisi'nin (bugün Mimar Sinan Üniversitesi) Mimarlık Bölümü'nden mezun oldu. 2006 yılında **5 Çocuk 5 İstanbul** adlı kitabıyla, illüstrasyon dalında Uluslararası Çocuk Kitapları Kurulu (IBBY) Onur Listesi'ne seçilen Sayın, bugüne dek pek çok çocuk kitabı resimledi, çocuk dergilerine resimler yaptı. Bazı çalışmaları UNICEF tebrik kartı olarak yayımlandı. Günışığı Kitaplığı için, Mine Soysal'ın yazdığı **İstanbul Masalı** adlı anlatıyı ve Sedef Örsel'in **Uçuçböceği Bon Bon** ile **Pat Pat Papatya** adlı kitaplarını resimledi. **Köstebek Kuki** adlı kitabı, Çocuk ve Gençlik Yayınları Derneği (ÇGYD) tarafından 2007 Yılın En İyi Resimli Öykü Kitabı seçildi. **Rengini Arayan Pudra** (2013) sanatçının yazıp resimlediği son kitabı. Eşiyle birlikte İstanbul'da yaşayan Sayın'ın bir kızı var.

KÖSTEBEK KUKİ
Yazan ve resimleyen: Betül Sayın ✿ Editör: Müren Beykan ✿ Son okuma: Hande Demirtaş

✿ 1. baskı: Ekim 2007 (1-17. baskılar 2000'er adet), 18. baskı: Temmuz 2020 (8000 adet), 19. baskı: Eylül 2020 (2000 adet)

Baskı öncesi hazırlık: Neslihan Özceylan ✿ Baskı: İmak Ofset Basım Yayın Tic. ve San. Ltd. Şti.
(Akçaburgaz Mah. 137. Sok. No 12 Esenyurt 34522 İstanbul 444 62 18 Sertifika: 45523)
Günışığı Kitaplığı Yayıncılık A.Ş. ✿ Sertifika: 36737
Büyükdere Cad. Polat İş Merkezi 87/6 Mecidiyeköy 34387 İstanbul ✿ Telefon: (0212) 212 99 73 ✿ Faks: (0212) 217 91 74
E-posta: info@gunisigikitapligi.com ✿ gunisigikitapligi.com
ISBN 978-975-6227-94-7